Gräfin

Kathrin von Reichenbach

Romanze in Saint Tropez

©2014 Gräfin Kathrin von Reichenbach

Herstellung und Verlag:

BoD-Books on Demand, Norderstedt

ISBN: 978-3-7386-0987-5

Die Autorin ist in Thüringen geboren
und aufgewachsen.
Seit einigen Jahren lebt sie in
Süddeutschland, im Allgäu. Sie ist
verheiratet und hat einen Sohn.

Dieses Buch widme ich meinem Mann und meinem Sohn.

„Mama, fahr doch etwas schneller!", schimpft der kleine, blonde Junge auf dem Beifahrersitz des gelben Renaults. „Sonst kommen wir doch nie an!", flucht er schelmisch. Kathrina schmunzelt nur. „So ist er eben, mein Sohn, der trotz seiner neun Jahre manchmal sehr erwachsen wirkt." Ein paar Stunden Autofahrt haben die beiden noch vor sich, um dann endlich für ein paar Tage die Sonne an der Côte d'Azur genießen zu können.

Wann hatten sie das letzte Mal einen schönen Urlaub verbracht? Zwei Jahre ist das nun her, da waren sie noch zu dritt. Kathrina schwelgt in Erinnerungen. Sieben Jahre war sie mit Robert glücklich verheiratet. Freud und Leid teilten sie. Und die Krönung ihrer Liebe war die Geburt des kleinen David. Sie denkt zurück an die gemeinsamen Tage in Ungarn, am Balaton. Voller Vorfreude fuhr die Familie Richtung Süden. Als sie dort ankamen mieteten sie sich ein hübsches, kleines Ferienhäuschen mit einem großen Garten und einem kleinen Spielplatz für David. Dies alles befand sich nur wenige Schritte vom Balaton entfernt in einer wunderschönen Wohngegend. Jeden Tag verbrachten sie am Wasser, gingen schick essen, machten Bootsausflüge und hatten jede Menge Spaß. Dann kam der schicksalhafte Tag der Abreise.

Es war an einem Samstag, ein wunderschöner, sonniger Vormittag. Eigentlich viel zu schade um wieder nach Deutschland heimzukehren. Robert wollte die ersten hundert Kilometer selbst fahren und sich dann später mit Kathrina abwechseln. Nach nur vierzig gefahrenen Kilometern kam ein Kleinbus auf ihrer Fahrtrichtung in's Schleudern und prallte seitlich gegen ihren PKW. Robert wurde im Auto eingeklemmt und verstarb noch an der Unfallstelle. David und Kathrina wurden in ein Krankenhaus gebracht, wo sie aufgrund ihrer leichten Verletzungen behandelt worden sind. Nach einer Woche konnten sie die Klinik verlassen und sich auf den Weg nach Deutschland machen.

Kathrina ist noch ganz in ihre Gedanken versunken, als sie plötzlich herausgerissen wird. „Maaaamaa… pass doch auf!", schreit David, als der Renault auf der Autobahn zu weit nach rechts abkommt. Kathrina verlangsamt das Tempo und bleibt auf der Standspur stehen. Schnell wischt sie sich die Tränen von den Wangen, um ihre Trauer um Robert vor David zu verbergen. Sie muss sich jetzt zusammenreißen. Traurig nimmt sie David in den Arm und küsst ihn auf die Stirn. Noch zweihundert Kilometer und sie haben die lange Reise nach Saint Tropez geschafft.

Um sich abzulenken legt Kathrina ihre Lieblings-CD in's Radio ein und singt die Songs laut mit.

Langsam geht die Sonne am Horizont unter und von weitem spiegelt sich das Meer wider. „Wir sind da", denkt sie sich und atmet erleichtert auf. Mittlerweile ist es zwanzig Uhr, als sie auf dem großen, mit Palmen geschmückten Parkplatz, bei der Appartementanlage ankommen. „Mama, das ist ja toll hier!", freut sich David. Überschwänglich reißt er die Autotür auf und hüpft aus dem Renault. „Sowas Schönes habe ich noch nie gesehen", sagt er zu Kathrina, als sie mit den Koffern an der Rezeption ankommen. Ganz begeistert mustern sie die große Empfangslobby. Sie ist mit riesigen Kronleuchtern ausgestattet. In jeder Ecke stehen wunderschöne Blumen in bunten Töpfen. Hier und da ein paar Sitzgelegenheiten, wo man sich für Stunden mit einem guten Buch und einem Glas Champagner zurückziehen kann. „Das wird ein toller, erholsamer Urlaub", freut sich Kathrina und kann den morgigen Tag kaum erwarten. Nach dem Check-in steigen sie in den Aufzug ein und fahren in den dritten Stock. Nach einem kurzen Fußweg finden sie ihr Appartement Nr. 33. Das soll also ihr zu Hause für die nächsten Tage sein. Ein langer Flur führt sie in die schöne, helle Wohnung. David stürmt sofort Richtung Balkon um zu schauen, ob man das Meer von dort aus sehen kann. „Oh Mami, das Meer…, das Meer…", freudestrahlend umarmt er Kathrina. Sie sehen die Weite des Wassers sowie viele große Palmen, die am langen Sandstrand stehen. „Geh' du mal die Wohnung ansehen, ich bleib noch ein bisschen hier draußen und schaue das Meer an", sagt David. Kathrina sieht sich um und entdeckt sogar eine Mikrowelle in der Küche. „Prima, so muss ich im Urlaub nicht noch stundenlang in der Küche stehen um zu kochen", denkt sie sich grinsend. Das Badezimmer ist groß und hell und lädt zum relaxen ein. Gespannt geht sie zum Schlafzimmer. Es eröffnet sich ihr ein Traum in Weiß und Rosé. An den Fenstern hängen lange Vorhänge. Diese geben einen fantastischen Blick auf den Garten der Appartementanlage frei. Rote und gelbe Blumen leuchten aus dem satten Grün hervor. In der Mitte des Gartens sieht Kathrina einen großen Swimmingpool. Daneben befindet sich eine kleine Bar, wo noch einige Leute Cocktails trinken und zu der Musik tanzen. „Es ist wie im Traum", freut sie sich und ruft David: „Komm mal, schau dir das an Schatz!" Neugierig läuft er ihr hinterher und schaut zum Schlafzimmerfenster heraus. „Da ist ja ein Pool!", aufgeregt hüpft David von einem Bein auf das andere. „Darf ich heute noch dort baden?" Mit großen Augen starrt er Kathrina an. „Tut mir leid David, es wird schon dunkel und wir müssen jetzt erst mal die Koffer auspacken und Essen kochen", entgegnet sie. „Na gut Mama. Ich packe die Sachen aus und du kochst uns etwas Leckeres. Mir knurrt langsam auch der Magen", gibt David zu. Mit einigen Lebensmitteln die Kathrina zu Hause eingepackt hat, zaubert sie ein schnelles Nudelgericht. Zwanzig Minuten später sitzen sie gemeinsam am Tisch und lassen sich die Makkaroni mit Tomatensoße schmecken. Nach dem langen und anstrengenden Tag gehen sie müde und voller Vorfreude auf die weitere Urlaubszeit in's Bett.

Am nächsten Morgen wird David von den ersten Sonnenstrahlen geweckt, die durch das Fenster scheinen und seine Nase kitzeln. Quietschvergnügt rüttelt er an Kathrina's Arm. „Mama! Aufstehen! Die Sonne scheint!" Verschlafen reckt und streckt sie sich. Mit dem Blick zur Wanduhr schimpft sie: „Es ist doch erst mal sieben Uhr in der Früh! Lass mich noch ein Stündchen schlafen!" „Ok Mama, ich stehe aber schon auf." David hüpft aus dem Bett und geht zum Balkon, um auf das Meer zu schauen.

Etwas später steht Kathrina auch auf und richtet das Frühstück her. Bei Tee und Toastbrot mit Erdbeermarmelade planen sie die nächsten Stunden.

Nach dem Essen geht Kathrina in's Schlafzimmer, um sich für den Tag am Strand hübsch zu machen. Währenddessen sucht David sein Sandspielzeug. „Wo sind denn nur die kleinen Sandförmchen? Hoffentlich haben wir sie nicht zu Hause vergessen!", schimpft er. „Mama wo sind meine Sandförmchen?" „Ach Schatz, es kann sein das sie noch zu Hause liegen. Wir gehen am Kiosk vorbei und kaufen neue, bevor wir zum Strand gehen", beruhigt sie David. „Ja ist gut Mama", glücklich verlässt er das Schlafzimmer und ist schon in Gedanken bei dem neuen Sandspielzeug.

Kathrina betrachtet sich in ihrem roten Bikini vor dem Spiegel und lächelt zufrieden. Das jahrelange Training im Fitnessstudio hat sich doch gelohnt. Sie fühlt sich trotz ihrer sechsunddreißig Jahre immer noch sehr attraktiv und jugendlich. Schnell packt sie noch die restlichen Sachen zusammen und vergisst auch nicht den eisgekühlten Sekt und die Kühltasche. David wartet schon ungeduldig vor der Appartementtür auf sie. Gemeinsam fahren sie mit dem Aufzug in das Erdgeschoß und laufen vorbei an der Rezeption, wo emsiges Treiben herrscht. Auf der Suche nach dem Kiosk kommen sie an einer Bäckerei vorbei. Der Duft von frischen Croissants zieht sie magisch an. „Mama, wir könnten beim Bäcker noch etwas kaufen. Das duftet so gut", meint David. „Ja Schatz, schauen wir mal was es Schönes gibt", antwortet Kathrina und sieht sich in der Bäckerei um. Mit vier Croissants verlassen sie das Geschäft und kommen kurz danach bei dem Kiosk an. „Oh toll, was es hier alles gibt", jubelt David und läuft sofort zu dem bunten Spielzeug hin. Taucherbrillen, Sandförmchen, Angelnetze, Bälle, Hüte und verschiedene Souvenirs kann man hier kaufen. Die Auswahl ist riesig und macht David's Entscheidung nicht leicht. Irgendwann hält er ein grünes Angelnetz, einen blauen Ball und einen Eimer mit bunten Sandförmchen in den Händen. „Mama, darf ich das alles haben?", mit großen Augen schaut er Kathrina an. Schmunzelnd gibt sie nach und geht eilig zur Kasse, bevor David auf der anderen Seite des Regals die Plüschtiere entdeckt. Er liebt Kuscheltiere über alles und kann davon nicht genug bekommen.

Nach dem Einkauf machen sie sich auf den Weg zum Strand. Schon von weitem sehen sie große Palmen stehen. Das Meer funkelt Türkis–Blau.

Einfach traumhaft schön. Das hübsche kleine Restaurant lädt ebenfalls zum Verweilen ein. Wenige Badegäste tummeln sich am Strand, sodass man leicht ein ruhiges Plätzchen findet. „Mama bleiben wir hier?", fragt David und zeigt auf eine Stelle an einer großen Palme. „Klar", entgegnet Kathrina und breitet die Decke auf dem warmen, weißen Sand aus. Eine tolle Sicht bietet sich von hier aus. Ein paar kleine weiße Yachten schippern über das Meer. Hier und da sieht man einige große Passagierschiffe. Dazu strahlendblauer Himmel und gefühlte dreißig Grad. David zieht seine blaue Badehose an und läuft zum Wasser. Es ist fast windstill und die wenigen Badegäste hört man kaum.

Kathrina macht es sich auf der Decke gemütlich. Sie packt die eisgekühlte Flasche aus und schenkt sich etwas in ihr mitgebrachtes Glas ein. Genüsslich trinkt sie den Sekt und kann immer noch nicht glauben, dass sie am Strand von Saint Tropez sitzt.

Aufmerksam beobachtet sie, wie David im Wasser herumtollt. Währenddessen nähert sich langsam eine weiße Yacht und Kathrina beginnt zu schwärmen: „Einmal auf so einer schicken Yacht mitfahren. Das wäre ein Traum!"

„Mama, bauen wir zusammen eine Burg mit den Förmchen?", klitschnass steht David vor ihr und fröstelt. „Trockne dich erst mal ab Schatz! Du frierst doch!", erwidert sie. „Möchtest du dann ein Croissant essen?" „Ja Mama, aber dann bauen wir eine Burg!" „In Ordnung Schatz. Jetzt iss aber erst mal etwas!", ermahnt sie ihn.

Laute Musik, die von der Yacht schallt, erweckt wieder das Interesse von Kathrina. Sie sieht ein paar junge Leute die eine Party feiern. Ein kleines Beiboot, mit vier Personen an Bord, wird zu Wasser gelassen. Neugierig beobachten David und Kathrina das Geschehen. Langsam fährt das Boot zum Strand und bleibt an einem kleinen Bootssteg stehen. Ein gutaussehender dunkelhaariger Typ, Ende dreißig, im weißen Anzug und Sonnenbrille steigt aus dem Boot. Er ist umringt von drei hübschen leichtbekleideten Frauen, die nicht älter als fünfundzwanzig Jahre zu sein scheinen. Mit einer Flasche Champagner und den drei jungen Damen im Arm stolziert er an Kathrina vorbei, hinüber zu den Sonnenliegen. „Was für ein Macho", denkt sie sich. Kann aber trotzdem den Blick nicht von ihm lassen.

„Mama bauen wir jetzt endlich eine Burg?", ungeduldig stammelt David vor sich hin. „Ja lass uns anfangen!", antwortet Kathrina und schnappt sich den Eimer mit den Förmchen und den Schaufeln. Eifrig bauen sie eine große Sandburg. Mit dem Eimer holt David etwas Meerwasser für den Burggraben. Nach getaner Arbeit präsentiert sich das Kunstwerk stolz im Sonnenschein. David's Freude ist riesig. Er lässt seiner Begeisterung freien Lauf, sodass der gutaussehende Typ schließlich auf die beiden aufmerksam wird. Grinsend beobachtet er Kathrina und David. Für einige Zeit sind seine hübschen Begleiterinnen vergessen und er hat nur noch Augen für Kathrina. Aufmerksam mustert er sie von Kopf bis Fuß und findet Gefallen an ihr. Kathrina spürt seine Blicke und fühlt sich geschmeichelt. Mit einem kurzen Nicken und zuprosten mit der Champagnerflasche zeigt er ihr sein Interesse. Kathrina erwidert seine Avancen jedoch nicht. „So ein Macho, mit seinen drei Mädels…. Möchte er nun auch noch mich als seine Trophäe?", denkt sie sich und schmollt vor sich hin.

„Komm David, wir gehen ein bisschen schwimmen! Die Sonne brennt so heiß. Ich brauche jetzt eine Abkühlung!" Das lässt er sich nicht zweimal sagen und rennt in das glasklare Wasser hinein. „Sieh nur, Mama. Viele Muscheln liegen hier", freut er sich und hebt einige von ihnen aus dem Sandboden auf, um sie Kathrina zu zeigen. „Oh ja, die sind toll", erwidert sie. „Wir könnten alle Muscheln sammeln und in unseren Eimer legen", schlägt sie vor. „Ja prima Mama. Warte! Ich hole ihn!" Schnurstracks ist David mit dem Eimer wieder da und Kathrina legt eine Handvoll vorsichtig hinein. Eifrig sammeln sie weitere Muscheln ein und erkunden dabei die Unterwasserwelt des Mittelmeeres.

Hier und da tummeln sich kleine bunte Fische und sogar eine Schlange hat sich an eine flache Wasserstelle verirrt. David und Kathrina sind davon so fasziniert, dass der gutaussehende Typ nebensächlich ist.

Mittlerweile ist die Mittagszeit herangerückt und Kathrina verspürt ein Grummeln in der Magengegend. „David lass uns erst mal etwas essen. Später könnten wir noch den Swimmingpool testen, ok?" „Ja ist gut Mama. Ich habe auch Hunger", gibt David zu. Mit dem vollen Eimer gehen sie zu ihrem Platz, trocknen sich ab und packen die Sachen in die Tasche ein. Nun erst bemerkt Kathrina, dass der dunkelhaarige Typ nicht mehr da ist. Das kleine Boot sowie die Yacht mit der er gekommen ist, steht jedoch noch da. „Was kümmert es mich?", denkt sie sich und schnappt sich die volle Tasche. „Wir schauen an dem Strandrestaurant vorbei. Vielleicht gibt es dort leckere Spezialitäten", schlägt sie vor. Auf der Terrasse des Lokals sitzen ein paar Urlauber und lassen sich Muscheln und Austern schmecken. „Iiiiih! Sowas mag ich nicht essen!", schimpft David. „Pssst! Nicht so laut Schatz! Wir sehen uns erst einmal die Speisekarte an. Es wird schon irgendetwas für dich geben", beruhigt Kathrina ihn. Misstrauisch werfen sie einen Blick auf die Karte, die am Eingang der Terrasse hängt:

- Muscheln mit Reis 26,80 Euro
- Kaviar mit Salat 31,20 Euro
- Austernpfanne 21,50 Euro
- Spaghetti mit Tomatensoße 18,40 Euro

Zufrieden deutet David auf das Spaghettigericht. Kopfschüttelnd versucht Kathrina ihm beizubringen, dass ihr Budget dafür nicht ausreichen wird. „Wir kochen selbst!", bestimmt sie schließlich. Magenknurrend gehen sie durch den wunderschönen Garten der Appartementanlage.
Ein paar Kinder planschen im Pool, während es sich die Erwachsenen auf der Sonnenliege oder an der

Bar gut gehen lassen.

Im Appartement angekommen, räumt Kathrina die Strandtasche aus und gönnt sich noch ein Schlückchen von dem Sekt aus der halbvollen Flasche. David geht unterdessen zum Balkon und leert auf dem Tisch den Muscheleimer. Er sortiert sie nach der Größe und der Beschaffenheit.

Kathrina öffnet den Kühlschrank und es trifft sie wie ein Schlag. „Verdammt! Ich habe vergessen, dass wir kaum Lebensmittel da haben. Was koche ich denn nun?", murmelt sie wütend vor sich hin. Sie kramt in der Kiste, wo sich Wasserflaschen, Sektflaschen und Süßigkeiten türmen. Erleichtert hält sie eine Büchse in der Hand mit der Aufschrift: Italienische Gemüsesuppe. „Besser als gar nichts!", denkt sie sich und erwärmt die Suppe in einem Topf. „Essen ist fertig!", ruft sie David kurze Zeit später zu und deckt den Tisch ein. Hungrig löffeln sie die Teller leer und verspeisen noch die restlichen Croissants, die sie vormittags beim Bäcker gekauft hatten. „Wir müssen nachher einkaufen gehen", sagt Kathrina. „Och nein Mama. Du hast versprochen, dass wir zum Pool gehen!", protestiert David bockig. „Ja Schatz. Nur leider habe ich vergessen, dass wir nichts mehr im Kühlschrank haben", entschuldigt sie sich. „Der Supermarkt ist doch gleich um die Ecke. In zehn Minuten sind wir wieder zurück. Ok?" „Na gut", murmelt David und streicht sich eine Haarsträhne aus dem Gesicht. Kathrina küsst ihn auf die Stirn und fügt augenzwinkernd hinzu: „Du kannst dir auch etwas Schönes aussuchen." Zufrieden lächelnd steht David auf und hilft ihr beim Abräumen der Teller.

Wenige Minuten später fahren sie mit dem Aufzug in das Erdgeschoss, laufen an der Rezeption vorbei und sind schnurstracks wieder raus aus dem Haus. Sie überqueren die Straße und laufen einige hundert Meter geradeaus. Die Hitze ist erdrückend und beide sehnen sich nach dem kühlen Wasser im Pool. „Wir sind gleich da. Schau da vorn, David! Da ist der Supermarkt!" Kathrina zeigt auf ein helles Gebäude mit roter Aufschrift: GEANT. Sie holen einen Einkaufswagen und gehen zum Eingang. Ein kalter Luftstrom umgibt sie, als sich die Türen zum Supermarkt öffnen. „Ah hier ist es angenehm kühl", freut sich Kathrina.

Das Geschäft bietet auf zwei Etagen alles was das Herz begehrt. Im obersten Stockwerk befindet sich die Bekleidungs - und Kosmetikabteilung sowie Spielzeugwaren. Im Erdgeschoss haben die Lebensmittel ihren Platz. „Mama, da drüben gibt es Spielzeug. Ich darf mir doch etwas aussuchen oder?", fragt David schelmisch, als sie in der obersten Etage ankommen. „Ja Schatz. Geh' schon mal rüber! Ich komme gleich nach."

Kathrina hat ein wunderschönes rotes Kleid entdeckt und will es sich etwas genauer ansehen. „Es ist bestimmt teuer. Und ich sollte eigentlich Lebensmittel kaufen", murmelt sie vor sich hin. Während sie ganz in Gedanken auf das rote Kleid zusteuert, stößt sie mit einem Mann zusammen. Kathrina bleibt fast das Herz stehen. Es ist der gutaussehende Typ vom Strand! „Entschuldigung Madame…", stammelt er verlegen. Kathrina wird es heiß und kalt zugleich und sie spürt, wie sich ihre helle Gesichtsfarbe in eine knallrote Tomate verwandelt. „Ähm…, ich muss mich entschuldigen. Ich war ganz in Gedanken", erklärt sie irritiert. „Es ist Schicksal das ich sie hier wiedertreffe", antwortet er in einem leicht französischen Akzent. „Darf ich mich ihnen vorstellen?", lächelnd schaut er Kathrina an, die immer noch total verwirrt ist. Sie nickt grinsend und kann den Blick von seinen wunderschönen, dunklen Augen nicht abwenden. „Mein Name ist Enrico Dupont. Wie heißen sie Madame? Wenn ich fragen darf." Langsam gleitet seine Hand zu ihrer. Zaghaft umschließt sie seine Finger und schüttelt seine Hand. „Mein Name ist Kathrina", antwortet sie verlegen. „Mögen sie Beachparty's? Heute Abend gibt es eine Feier bei dem Restaurant am Meer. Ich würde mich freuen, wenn sie kommen würden Kathrina." „Ich überlege es mir Enrico. Ich muss jetzt gehen. Also vielleicht bis heute Abend", fügt sie eilig hinzu und hat wieder das rote Kleid im Blick.

„Hm… einhundertdreißig Euro für ein Kleid?", murmelt sie und bemerkt nicht, dass Enrico hinter ihr steht. „Möchten sie es haben? Es würde ihnen gut stehen!", grinsend mustert er Kathrina. Sie fühlt sich bedrängt und wie die nächste Trophäe in seiner Sammlung. Mit einem kurzen "Nein" wendet sie sich ab und geht zur Spielzeugabteilung, um nach David zu schauen. Er hält ein kleines Schiff in der Hand und blickt suchend in Kathrina's Richtung. „Ach da bist du Mama. Schau mal, ich habe ein schönes Schiff gefunden. Darf ich es haben?" „Ist in Ordnung Schatz", erwidert sie. „Komm, wir müssen nun die Lebensmittel kaufen. Es wird immer später." Eilig laufen sie an den Regalen entlang und allmählich füllt sich der Einkaufswagen mit frischem Obst, Backwaren, Wurst, Käse und Gemüse. Kathrina überfliegt die Preise und ist erstaunt, dass die Waren relativ günstig sind. Nach zwanzig Minuten Wartezeit an der Kasse sind sie nun endlich fertig mit dem Einkauf. Vollbepackt mit jeweils zwei Tüten machen sie sich wieder auf den Heimweg.

Kathrina's Gedanken kreisen um den Abend. „Soll ich zu der Strandparty gehen? Neugierig bin ich schon", denkt sie sich. „Vielleicht ist dieser Enrico gar nicht so übel. Charmant ist er. Nur etwas zu aufdringlich", findet sie. „Aber vielleicht ist es das Temperament der Franzosen", beruhigt sie sich. Als sie im Appartement ankommen, packt Kathrina die Tüten aus und freut sich über den gelungenen Einkauf. David läuft ungeduldig hin und her und drängt zum schwimmen gehen. „Mama, ich ziehe schon mal meine Badehose an. Wir gehen doch noch zum Pool, oder?" „Ja tu das Schatz! Ich bin auch gleich soweit", erwidert Kathrina und huscht noch mal schnell in's Badezimmer. Dann schnappt sie sich ihren Bikini sowie die Strandtasche und läuft hastig zur Tür, wo David bereits auf sie wartet.

Am Pool tummeln sich ein paar Badegäste und lautes Kinderlachen schallt von der großen Rutsche herüber. „David besetze doch bitte schon mal die freie Liege da vorn, direkt am Pool! Ich organisiere uns noch zwei Badetücher", sagt Kathrina. David rennt los und reserviert die Liege, wo im selben Moment ein älterer Herr Platz nehmen wollte. Mit breitem Grinsen sitzt David da und beobachtet die spielenden Kinder. Naserümpfend geht der ältere Herr weiter zum nächsten freien Platz.

Mit zwei großen bunten Badetüchern unter dem Arm, schlendert Kathrina zum Pool. Vorbei an der kleinen Bar, wo der Barkeeper gerade ein paar Cocktails zubereitet. Ungeduldig wartet David auf sie, denn er möchte so schnell wie möglich in das Wasser springen. Von weitem sieht er sie auf sich zukommen und macht sich bereit für den Sprung in's kühle Nass. Mit Anlauf stürzt er sich in den Pool, planscht eine Weile und klettert schließlich die große Rutsche hinauf.

Kathrina macht es sich auf der Liege gemütlich. Sie genießt die warmen Sonnenstrahlen und grübelt wieder über den kommenden Abend. „Soll ich zu der Party gehen?" Sie ist hin und her gerissen. „Ach warum eigentlich nicht? Dieser Enrico hat etwas an sich was mich fasziniert", denkt sie sich schmunzelnd.

David hat sichtlich Spaß im Wasser. Er spritzt Kathrina vom Beckenrand aus mit einer Wasserpistole nass. „Los Mama! Komm mit schwimmen!", fordert er sie auf. Ohne lange zu überlegen, springt sie kopfüber in den Pool und taucht neben ihm wieder auf. David lacht laut vor Freude. Beide haben viel Vergnügen beim Planschen und Rutschen im kühlen Nass. So ausgelassen und fröhlich war Kathrina schon lange nicht mehr. Vergessen sind die Sorgen und die Ängste seit dem Tod ihres Ehemanns. „David, nun lass uns erst mal eine Pause einlegen!", schnaufend klettert sie aus dem Pool. Ihr Blick fällt auf die Bar. „Ich werde nun einen leckeren Cocktail in der Sonne genießen", denkt sie sich, während sie sich in das Badetuch einkuschelt. „Ich gehe mich umziehen und dann hole ich mir ein Eis", sagt David und zischt im Eiltempo an ihr vorbei. Grinsend sieht sie ihm nach, wie er in der Umkleidekabine verschwindet.

Nach ein paar Minuten kommt er zurück. In der Hand hält er eine große Waffel mit drei Kugeln Eis. Freudestrahlend erzählt er Kathrina welche Sorten es gibt und das er sich für Vanille, Erdbeere und Schoko entschieden hat. „Ich werde mich jetzt auch belohnen. Und zwar mit einem leckeren Cocktail", sagt sie augenzwinkernd. Frohgelaunt schlendert sie zu der kleinen Bar. So eine große Auswahl an Getränken hat Kathrina selten gesehen. Alles was das Herz begehrt wird hier gemixt und mit frischen Früchten bunt dekoriert.

Sie bestellt einen Pinacolada beim Barkeeper, der gerade die Eiswürfel aus der Tiefkühltruhe holt. „Gern Madame", antwortet er lässig und fügt grinsend hinzu: „Darf es dann später noch ein Sex On The Beach sein?" Kathrina bemerkt, wie sich ihre Wangen wieder einmal in's Dunkelrote verfärben. Sprachlos und mit den Fingerspitzen auf die Theke klopfend, wartet sie auf ihren Cocktail. „Bitte sehr Madame. Lassen sie sich ihn schmecken!", sagt der Barkeeper, immer noch mit einem breiten Grinsen im Gesicht. „Die Franzosen machen ihrem Ruf alle Ehre", denkt sie sich und geht ohne ein Wort zu sagen zurück zum Pool.
David und Kathrina genießen nun die späte Nachmittagssonne und lassen sich ihr Eis sowie den Pinacolada schmecken.

Leise Musik ertönt vom Strand und erinnert Kathrina an die Beachparty. „Oh es ist schon fast achtzehn Uhr!" Sie springt hastig auf und packt die Badesachen in die Tasche. „David komm! Wir müssen nun los! Dort vorn an dem Imbiss bekommen wir bestimmt eine Kleinigkeit zu essen." Beim Imbiss angekommen, läuft ihnen schon das Wasser im Mund zusammen. „Ich möchte einen Hamburger!", triumphiert David. „Und ich hätte gern einen

Hot Dog", sagt Kathrina zu der netten Dame. Lächelnd überreicht sie ihr zwei kleine Tüten und wünscht einen guten Appetit. David verschlingt seinen Burger im Nu. „Schmeckt super Mama", freut er sich. „Das tut es", erwidert Kathrina lachend.

Als sie im Appartement ankommen, muss Kathrina David beibringen, dass sie ohne ihn den Abend verbringen wird. „Schatz möchtest du dann fernsehen?", fragt sie ihn. „Und du Mama?", mit großen Augen wartet er auf ihre Antwort. „Ich werde für zwei oder drei Stunden nicht da sein. Ich möchte zu der Strandparty gehen, wenn es für dich in Ordnung ist." Nickend murmelt er vor sich hin: „Ja kein Problem." Liebevoll streichelt sie über seinen Kopf und gibt ihm einen Kuss auf die Stirn.

Während David TV sieht, macht sich Kathrina Gedanken um ihr Outfit. „Was ziehe ich denn bloß an?" Unentschlossen steht sie vor dem großen Kleiderschrank und hält ein schwarzes langes Kleid sowie ein türkisfarbenes kurzes Kleid in den Händen. „Es ist eine Beachparty, also werde ich kein langes Kleid tragen", denkt sie sich und legt das Schwarze wieder in den Schrank zurück. Eine Weile verbringt sie noch im Badezimmer, sodass sie eine

Stunde später fertig gestylt neben David steht, der sie grinsend beäugt. „Na Mama, du hast dich ja heute in Schale geworfen!" Lachend fällt sie ihm um den Hals und drückt ihn ganz fest an sich. „Ich bin in spätestens drei Stunden wieder da. Du kannst auch mal vom Balkon aus zum Strand schauen. Vielleicht siehst du mich." „Ja das mache ich", entgegnet David und wünscht ihr viel Spaß.

Frohgelaunt und in Partystimmung verlässt Kathrina das Appartement. Umso näher sie dem Strand kommt, desto lauter wird die Musik. Ihr Herz schlägt bis zum Hals. „So aufgeregt war ich das letzte Mal zu meiner Hochzeit", erinnert sie sich schmunzelnd. Mit weichen Knien geht sie am Pool vorbei und erreicht nach kurzer Zeit den Strand. Überall sieht man perfekt gekleidete Gäste, mit Cocktails in der Hand, die sich im Takt der Musik bewegen. Ein paar brennende Fackeln, die im Sand um das kleine Restaurant gesteckt sind, zaubern ein romantisches Ambiente.
Plötzlich schreckt Kathrina auf, als jemand hinter ihr über ihr langes Haar streicht. „Madame Kathrina! Sie haben wunderschönes Haar!" Sie dreht sich um und blickt wieder in die schönen, dunklen Augen von denen sie sich nicht abwenden

kann. Enrico nimmt galant ihre Hand und gibt ihr einen Kuss auf diese. „Ich freue mich, dass sie meiner Einladung gefolgt sind. Sie sehen bezaubernd aus! Wollen wir uns setzen?" „Danke Enrico. Das ist sehr nett", antwortet Kathrina mit scheuer, leiser Stimme. „Möchten sie einen Drink?", lächelnd schaut er sie an. „Ja sehr gern!", freut sie sich. „Wie wäre es mit einem Gläschen Champagner?" Begeistert stimmt sie zu und kann es kaum erwarten, dass erste Mal in ihrem Leben echten Champagner zu trinken.

Ein Kellner bringt zwei Gläser und eine Flasche des teuersten Champagners, welchen das Restaurant zu bieten hat. Enrico nimmt sein Glas in die Hand und prostet Kathrina, tief in ihre Augen blickend, zu: „Auf einen schönen Abend!" Kathrina nippt an ihrem Champagnerglas, setzt ihr strahlendstes Lächeln auf und nickt Enrico zu. „Es scheint ihnen zu schmecken Madame?" „Es ist köstlich!", gibt sie zu und spielt mit ihrer Haarsträhne.

„Könnten wir uns nicht endlich duzen Enrico?" Erstaunt stellt er sein Glas auf den Tisch. „Ja sehr gern. Ich bin überrascht das von dir zu hören. In meinen Kreisen finden die Damen es unverschämt, wenn ich sie gleich beim ersten Date duzen würde."
Kathrina zieht eine Augenbraue hoch und fragt

schnippisch: „In welchen Kreisen verkehrst du denn?" „Nun… ja, du hast schon gesehen das ich nicht mittellos bin. Die Yacht, die du gestern gesehen hast, gehört mir. Die meisten Leute die ich kenne sind reich. Sie haben Luxusvillen, Yachten und einige Sportwagen in der Garage stehen. Es ist nicht leicht, eine nette Dame kennenzulernen, die nicht nur wegen meines Geldes mit mir zusammen sein möchte. Du allerdings hast mir sofort das Gefühl gegeben, dass du eine besondere Frau bist, der Reichtum nicht so wichtig ist. Mittlerweile bin ich achtunddreißig Jahre alt und denke immer häufiger über meine Zukunft nach. Eine Frau und Kinder, das fehlt mir in meinem Leben noch."

Nachdenklich hört Kathrina ihm zu und findet immer mehr Gefallen an ihm. Enrico zeigt sich ihr gegenüber nun von einer anderen Seite. Seinem wahren Ich, mit Gefühlen und Zukunftsplänen. „Hauptsache es ist nicht irgendeine Masche von ihm", denkt sie sich und hört ihm weiterhin aufmerksam zu.

Mittlerweile geht die Sonne langsam am Horizont unter und verwandelt diesen in ein atemberaubendes Rot. Enrico sieht Kathrina lange an, ohne ein Wort zu sagen. Dann nimmt er ihre Hand und führt sie vom Restaurant hinunter zum Meer. Sie verspürt eine große Vertrautheit, wie sie sie nach so kurzer Zeit noch nie erlebt hat. Der Sonnenuntergang sowie das Rauschen der Wellen tun ihr Übriges, um ihr Herz zu berühren.

„Gefällt es dir hier?", fragt Enrico leise. Schüchtern schmiegt sie sich an seine Schulter. „Ja wunderschön ist es hier. Wie im Traum. Kneif mich mal! Dann weiß ich, dass ich nicht nur träume." Keck wirft sie ihr langes Haar über die Schulter und wartet auf seine Reaktion. Das lässt sich Enrico nicht zweimal sagen. Schmunzelnd kneift er sie in den Po und legt seine Hände um ihre Taille. Sie lacht und flüstert ihm in's Ohr: „Ich träume nicht." Beide genießen den kurzen Moment der Zweisamkeit.

„Möchtest du noch Champagner trinken? Ich würde nun gern noch mehr über dich erfahren", sagt Enrico . Erfreut stimmt Kathrina zu und lässt sich in den noch warmen Sand fallen. „Aber wir bleiben hier sitzen", schlägt sie vor. „Ja gute Idee", entgegnet er und macht es sich neben ihr gemütlich. Durch ein Handzeichen macht Enrico einen Kellner vom Restaurant auf sich aufmerksam und bittet ihn um eine Flasche Champagner. Gemeinsam sitzen sie nun im Sand, trinken Champagner und plaudern angeregt.

Nach einer Weile steht Enrico auf und zieht Kathrina an sich. Sie tanzen eng umschlungen im Takt der Musik, die vom Restaurant herüberschallt. Sie genießt seine Nähe und wünscht sich nichts sehnlicher, als das dieser Abend nie enden wird.

Leider vergeht die Zeit im Nu und der Moment des Abschieds ist gekommen. Enrico nimmt Kathrina in die Arme und drückt sie ganz fest an sich. „Ich möchte dich sehr bald wiedersehen", haucht er ihr in's Ohr. Kathrina kann ihr Glück kaum fassen.
„Ich dich auch Enrico. Am liebsten schon morgen!", erwidert sie. „Wie wäre es, wenn ich David und dir morgen Mittag das schöne Örtchen Gassin zeige? Es liegt oben auf dem Berg. Von dort hat man einen fantastischen Ausblick."
„Sehr gern!", strahlt Kathrina. „David wird sich auch freuen", fügt sie zwinkernd hinzu. Überglücklich hebt Enrico sie hoch und wirbelt sie durch die Luft. „Ich freue mich jetzt schon! Ich hole euch morgen elf Uhr am Eingang der Appartementanlage ab." Mit einem Kuss auf die Wange verabschiedet sich Kathrina von ihm und macht sich eilig auf den Weg zu David.
Leise öffnet sie die Tür zum Appartement, um ihn nicht zu wecken. Langsam schleicht sie sich zur

Couch und sieht, wie David seelenruhig vor dem Fernseher eingeschlafen ist. Liebevoll streicht sie ihm über's Haar, deckt ihn mit einer Decke zu und schaltet den Fernseher aus. Ein Blick auf die Uhr lässt sie aufschrecken. Es ist schon kurz nach Mitternacht! Todmüde fällt sie in's Bett und schlummert sofort ein.

Am nächsten Morgen wird David durch ein lautes Meeresrauschen geweckt. Er springt von der Couch und sieht durch die Balkontür riesige Wellen, die an das Ufer schlagen. Die Palmen biegen sich im Wind und der Strand ist menschenleer.
„Mama, Mama… wach auf!!!" Aufgeregt steht David neben Kathrina's Bett und zieht ihr die Decke weg. Ganz verschlafen reckt und streckt sie sich und fragt ihn gähnend was denn eigentlich los sei. „Das musst du dir ansehen Mama! Es stürmt und das Meer macht riesige Wellen!" „Ok, ich komm ja schon. Wie spät ist es überhaupt? „Neun Uhr!", antwortet David ungeduldig. „Jetzt komm Mama!" Neugierig geht sie ihm hinterher und traut ihren Augen nicht, als sie die großen Wellen sieht. „Gestern Abend ging kein Lüftchen", murmelt sie nachdenklich. „Ich schaue am Schlafzimmerfenster, wie es im Garten und am Pool aussieht!", sagt David

und rennt eilig an ihr vorbei. Er sieht, dass der Sturm die Mülleimer an der Poolanlage umgeworfen hat. Der Unrat fliegt überall umher. Stühle und Tische sind umgefallen. Auch Kathrina steht nun an dem Schlafzimmerfenster und ist verängstigt. So etwas hat sie vorher noch nie gesehen. Traurig überlegt sie, ob das Date mit Enrico wegen des Unwetters überhaupt noch stattfinden wird.

„David, ich mache uns erst mal ein Frühstück. Später werden wir uns dann mit einem Freund Gassin anschauen." „Mit einem Freund?", David verzieht das Gesicht und wartet gespannt auf Kathrina's Antwort. „Ähm… ja…", stammelt sie und sucht nach den passenden Worten. „Du erinnerst dich an den Mann vom Strand, den wir auch noch mal im Kaufhaus getroffen hatten?" David seufzt: „Ja, ich weiß, wen du meinst." „Er ist sehr nett", fügt Kathrina schnell hinzu. „Du wirst ihn auch mögen. Er holt uns dann elf Uhr ab." „Das wird ein langweiliger Tag", erwidert David knurrig. „Nein", entgegnet Kathrina. „An den Strand oder an den Pool können wir doch sowieso nicht gehen, wegen des schlechten Wetters. Es wird ein lustiger Tag werden. Ich verspreche es dir!" Sie nimmt David in den Arm und gibt ihm einen Kuss auf die Wange.

„Na gut Mama", sagt er lächelnd. „Ich helfe dir beim Tisch decken." Kathrina setzt Kaffee und Tee auf. David kümmert sich in der Zwischenzeit um die Teller und das Besteck. Beide lassen sich den Toast mit Marmelade schmecken und diskutieren über die großen Wellen.

Kurze Zeit später steht Kathrina im Badezimmer, um sich für Enrico hübsch zu machen. „Bei dem Wetter ziehe ich eine lange Hose an", denkt sie sich und durchwühlt den Kleiderschrank nach der dunkelblauen Stretchjeans, die sie sich erst vor kurzem gekauft hat. „Ah da ist sie!", glücklich hält sie die Hose in der Hand und sucht nun weiter nach einem Shirt. „David hast du dich schon angezogen?", ruft Kathrina in's Wohnzimmer. „Ja Mama!" In kurzer Hose und buntem Shirt steht David vor ihr. Lachend nimmt sie ihn in den Arm und bittet ihn, sich eine lange Hose anzuziehen. Widerwillig schlüpft er in eine Jeans und drängt Kathrina zum Gehen. Eilig laufen sie an der Rezeption entlang und schlängeln sich an den vielen Gästen vorbei, die sich in der Lobby aufhalten.
Draußen angekommen bemerken sie erleichtert, dass der Wind sich etwas gelegt hat. Die Sonne schiebt sich hinter den Wolken hervor und erwärmt

Kathrina's Gemüt. „Nun wird es doch noch ein schöner Tag werden!", freut sie sich.

Ungeduldig hält sie Ausschau nach Enrico. „Er müsste gleich kommen", denkt sie sich und streicht sich nervös durch's Haar. Ein lautes Dröhnen lässt David aufhorchen. Neugierig läuft er zur Straße. „Mama, Mama! Ein Ferrari!", aufgeregt wedelt er mit den Armen. Direkt vor ihnen hält ein rotes Cabrio an. Es ist Enrico, der aus diesem schicken Ferrari aussteigt und lächelnd auf die beiden zugeht. Kathrina fällt ihm überglücklich um den Hals. „Schön dich wiederzusehen, Madame", sagt er augenzwinkernd. Händeschüttelnd wendet er sich an David. „Hallo junger Mann. Wie geht es dir?" „Gut", antwortet er verlegen.

„Ähm... ist das ein echter Ferrari?" Enrico grinst und erklärt: „Ja, das ist ein echter Ferrari. Ein California F1 mit vierhundertsechzig PS." „Vierhundertsechz...???", David verschlägt es die Sprache.

Laut lachend mischt sich Kathrina ein. „Ich habe auch ein Cabrio. Aber es hat nur einhundertfünfunddreißig PS und war bestimmt nicht so teuer wie der Ferrari." „Was kostet der Ferrari?", fragt David neugierig. „Ich habe ihn letztes Jahr für einhundertneunzigtausend Euro gekauft." „Ähm...

einhundertneunzigtau…???", wieder verschlägt es David die Sprache. Kathrina unterbricht die Autofachsimpelei: „Jungs, wollen wir dann mal los??" „Ja auf geht's!", David hüpft vor Freude von einem Bein auf das andere.
Im schnellen Tempo fahren sie nach Gassin, welches nur wenige Kilometer von der Ferienanlage entfernt liegt. Vorbei an Pinien, die rechts und links der Straße wachsen, kommen sie nach kurzer Zeit auf einer felsigen Anhöhe an und parken den roten Flitzer an einer großen Steinmauer. Nachdem sie ausgestiegen sind, schließt Enrico per Knopfdruck das Dach des Cabrios. David geht um den Ferrari und beäugt ihn noch einmal mit bewunderndem Blick. „Toll, so einen möchte ich später auch haben!" Lachend sehen Kathrina und Enrico ihm dabei zu. An Kathrina gewandt bemerkt Enrico: „Dein David scheint genau so ein Autofreak zu sein wie ich!" „Da hast du Recht", gibt sie augenzwinkernd zu. „Ihr habt nun sicher Hunger. Ich kenne ein schönes Restaurant. Es liegt weiter oben. Dort gibt es auch einen kleinen Spielplatz für David. Und später zeige ich euch noch die Burganlage." „Oh ja, das hört sich gut an", freut sich Kathrina und hakt sich an Enrico's Arm ein.

Der Weg zum Restaurant führt sie durch mittelalterliche Gassen. Traumhafte Blumen klettern an den alten Gemäuern empor. „Gassin wurde zu einem der schönsten Dörfer Frankreichs ausgezeichnet", erklärt Enrico. Kathrina ist begeistert und möchte alles über dieses bezaubernde Örtchen wissen. Interessiert lauscht sie Enrico's Erzählungen, bis sie bei dem kleinen Restaurant ankommen. David setzt sich sogleich an den freien Tisch, welcher sich direkt neben dem hölzernen Geländer befindet.

„Oh, hier geht es einige hundert Meter hinab!", mit weichen Knien steht Kathrina an dem Geländer und lässt ihren Blick schweifen. „Eine traumhafte Sicht hat man von hier", bemerkt sie. Enrico umfasst ihre Taille und zeigt mit dem Finger auf eine Grünanlage mit Häusern, die direkt am Meer liegt. „Dort ist euer Appartement. Man kann es von hier aus gut erkennen. Und weiter rechts ist der Hafen von Saint Tropez mit den vielen weißen Yachten." „Es ist toll hier. Danke, dass du uns dieses schöne Fleckchen Erde zeigst." Kathrina gibt Enrico einen Kuss auf die Wange. Glücklich nimmt er sie in den Arm und drückt sie ganz fest an sich. Gemeinsam genießen sie die Aussicht und die gegenseitige Nähe.

David sieht sich gelangweilt um und entdeckt ein paar Meter entfernt, den kleinen Spielplatz. Sofort fangen seine Augen an zu leuchten und ein breites Grinsen erhellt sein Gesicht. „Mama, ich gehe zu dem Spielplatz!" „Ja, ich bestelle dir dein Essen. Geh' du mal spielen", erwidert Kathrina. Enrico bittet sie zu Tisch und bestellt eine Flasche Champagner sowie eine Cola für David. Die Speisekarte lässt Kathrina wieder einmal große Augen machen:

- Räucherforellensuppe

- Dampfnudeln mit Vanillesoße

- Geschmorte Lammhaxe mit Feigen-Portweinchutney und Kartoffelknödel

- gebratener Zander in Weißweinsoße und Kartoffelpüree

„Oh das ist alles sehr lecker, Enrico", Kathrina strahlt vor Entzücken. „David bekommt die Dampfnudeln mit Vanillesoße. Das wird ihm schmecken. Ich hätte gern die Räucherforellensuppe und den gebratenen Zander in Weißweinsoße." „Sehr gute Wahl", entgegnet Enrico. „Ich probiere die geschmorte Lammhaxe." Der Kellner nimmt die Bestellung auf und verspricht, dass die Zubereitung nicht allzu lange dauern wird. Enrico schaut Kathrina an, hebt sein Glas und prostet ihr zu: „Auf eine schöne Zeit!"

„Schade, dass die Tage so schnell vergehen. Es bleiben uns nur noch drei!", gibt sie wehmütig zu. Traurig nickt Enrico. „Ich weiß…, aber es werden drei unvergessliche Tage werden. Ich möchte euch noch viel zeigen. Morgen würde ich euch gern auf meine Yacht einladen." Kathrina traut ihren Ohren nicht. „Ähm… auf deine Yacht?" Enrico bejaht lächelnd ihre Frage und nimmt ihre Hand. „Mein Haus in Monaco ist auch sehenswert. Ich würde mich sehr freuen, wenn ihr die letzten Urlaubstage mit mir dort verbringen würdet." Kathrina bekommt kein Wort über die Lippen. Ihr Herz klopft wie wild. Nach kurzer Überlegung willigt sie ein, fällt ihm um den Hals und gibt ihm einen flüchtigen Kuss auf die Wange. Enrico strahlt über das ganze Gesicht. Er nimmt wieder ihre Hand und lässt sie nicht mehr los.

Der Kellner serviert die reichhaltigen Speisen und wünscht einen guten Appetit. „Hm das duftet schon so gut", freut sich Kathrina und winkt David herbei. „Oh gibt es endlich etwas zu essen, Mama?" „Ja Schatz. Setz dich!", antwortet sie ihm grinsend.

David nimmt einen kräftigen Schluck von der Cola und lässt sich dann die süßen Dampfnudeln schmecken. Ohne viele Worte zu verlieren, sitzen sie an einem der schönsten Orte Frankreichs und speisen unter freiem Himmel. Was kann es Schöneres geben?
Nachdem alle satt sind und die Champagnerflasche geleert ist, machen sie sich auf den Weg zur Burganlage. Sie erstreckt sich auf einem kleinen Felsplateau und ist umgeben von einem Pinienwald. Der große Burgturm ragt anmutig in den Himmel. „Es ist traumhaft schön!", schwärmt Kathrina und nimmt David bei der Hand. Auch er ist verzaubert von dem Anblick. „Kann man auf den Turm klettern?", fragt David voller Vorfreude. „Oh ja. Selbstverständlich kann man das", antwortet Enrico. „Lasst uns hoch gehen!" Neugierig läuft David den beiden voraus und kämpft sich durch das kleine Wäldchen über Stock und Stein.

Nach einem kurzen, aber beschwerlichen Aufstieg stehen sie vor den alten Mauern des vierzehnten Jahrhunderts. Kleine Vögel sitzen in den Löchern des Mauerwerkes und zwitschern um die Wette. An der Wand schlängeln sich grüne Rankpflanzen empor und bilden einen hübschen Kontrast zu dem rosafarbenen Oleander, der einen bezaubernden Duft versprüht. Wie ein Dornröschenschloss, aus der Märchenwelt, wirkt die alte Burg. Kathrina gerät bei diesem Anblick in's Schwärmen und träumt vor sich hin.

Ein lautes „MAMA" lässt sie aufschrecken und emporschauen. Lachend winkt sie David zu, der schon längst auf dem Turm angekommen ist und jubelnd auf sich aufmerksam macht. Enrico ist in ihrer Nähe geblieben und lässt ihr nun charmant den Vortritt beim Besteigen des Turms. Einhundertdreißig Stufen müssen sie erklimmen, um auf dem achtundzwanzig Meter hohen Turm die Aussicht genießen zu können. Kathrina meistert den Aufstieg mit Bravour und wird schon ungeduldig von David erwartet.

Die luftige Höhe bietet einen fantastischen Rundblick über Gassin und die umliegenden Landschaften. Die Sonne lässt das Meer in der Ferne türkisblau strahlen. „Einfach traumhaft schön", säuselt Kathrina vor sich hin und schmiegt sich eng an Enrico.

David ist nun schon drei Mal von einer Ecke des Turms zu der anderen gerannt. „Mama, es ist toll hier!", ruft er vergnügt. Enrico nimmt Kathrina lachend in den Arm. „Er hat viel Spaß. Ich hoffe du auch?" Kathrina strahlt. „Oh ja natürlich. Es ist wunderbar hier! Lass uns noch ein wenig die Aussicht genießen und dann wieder hinunter gehen." Enrico lächelt ihr zu und nickt. Nachdem David seine achte Runde entlang der Mauer gelaufen ist, machen sie sich wieder auf den Weg nach unten durch den dunklen, engen Turm.

Kaum sind sie vor der kleinen Ausgangstür des Turms angelangt, hat David eine Idee: „Mama, baden wir heute noch im Meer?", erwartungsvoll schaut er Kathrina an. „Bestimmt Schatz", erwidert sie und wendet sich an Enrico: „Fahren wir zurück und schauen, wie es am Strand aussieht?" „Gern schöne Frau", antwortet er und nimmt ihre Hand. Voller Vorfreude machen sie sich auf den Weg zum Auto.

Nach kurzer Zeit erreichen sie den Parkplatz, der sich nun mit weiteren Sportwagen gefüllt hat. David steht staunend zwischen Lamborghinis, Bugattis und Ferraris. „Wow Mama! Schau nur!" Aufgeregt läuft er um jeden Wagen und lässt seiner Begeisterung freien Lauf. Schmunzelnd sehen Kathrina und Enrico ihm dabei zu. Während David noch ein paar Minuten bei den Autos verbringt, nutzen die beiden

die Zeit, um sich noch einmal dem grandiosen Anblick von Saint Tropez zu widmen.
Enrico führt Kathrina zur Steinmauer, nimmt sie in den Arm und flüstert: „Ich bin so froh dich kennengelernt zu haben. Du bist eine ganz besondere Frau." Sie schmiegt sich nun noch fester an ihn und lässt ihren Blick über das weite Meer schweifen. „Ich bin auch froh. Es ist nur schade, dass unsere gemeinsame Zeit bald ein Ende haben wird. Das macht mich sehr traurig", flüstert Kathrina. Enrico streicht ihr über das Haar und stupst ihr Näschen an. So kann er ihr wieder ein kleines Lächeln entlocken.
„Bin wieder da!", ruft David ihnen zu. Enrico nimmt Kathrina's Hand und geht mit ihr zum Auto. Er öffnet seinen Ferrari und hält ihr charmant die Tür auf. David hüpft eilig auf der anderen Seite des Cabrios auf den Rücksitz, um noch einmal einen Blick auf alle Sportwagen werfen zu können. Nachdem die drei ihren Platz eingenommen haben, fahren sie direkt zum Strandparkplatz.

Der Sturm hat sich gelegt und die Sonne strahlt. Ein paar Tüten und Getränkedosen liegen im Sand, so als ob sie jemand arglos weggeworfen hätte. David springt überglücklich aus dem Cabrio.

„Toll! Wir können nun doch noch baden!" „Ja Schatz. Das können wir. Ich gehe zum Appartement, um unsere Badesachen zu holen", verabschiedet sich Kathrina winkend. Enrico und David gehen währenddessen zu dem kleinen Strandrestaurant, um dort auf sie zu warten. „Möchtest du ein Eis?", fragt Enrico und schiebt David die Eiskarte lächelnd zu. „Oh ja!", erwidert er und blättert voller Vorfreude darin. „Wow das sieht alles so lecker aus. Was soll ich da bloß nehmen?", murmelt er vor sich hin. Ungeduldig steht der Kellner neben David und wartet auf die Bestellung. Dann fällt ihm ein Eisbecher mit Erdbeeren, Schlagsahne und bunten Streuseln auf. „Den nehme ich!" Mit dem Finger zeigt er auf das bunte Eis. Sie bestellen drei Eisbecher und Enrico bezahlt sogleich.

Etwas später kommt Kathrina vom Appartement zurück. Ihre langen blonden Haare wehen im Wind. Das rosafarbene kurze Kleid, welches sie sich schnell angezogen hat, umschmeichelt ihre Figur. Enrico ist von ihrem Anblick entzückt und kann seine Augen nicht von ihr lassen. Sie nimmt neben ihm Platz und freut sich über den Eisbecher in Herzform, den der Kellner gerade serviert. „Ach wie süß!", amüsiert betrachtet Kathrina das Eis.

„Nur für dich, schöne Frau", säuselt Enrico mit strahlenden Augen. Geschmeichelt tätschelt sie seine Hand und zwinkert ihm zu. Gemeinsam genießen sie nun das Eis, die Sonne und das leise Meeresrauschen.

David hält sich gesättigt und zufrieden seinen Bauch. „Mhh, war das lecker! Kann ich mir schon die Badehose anziehen?", fragend schaut er Kathrina an. „Ja Schatz. Mach das. Wir kommen gleich nach", antwortet sie und schiebt sich eine Erdbeere in den Mund. David schnappt sich seine Badehose, die Kathrina mitgebracht hat. Schnell läuft er zur nächsten Palme, um sich dort umzuziehen. Schmunzelnd sehen sie ihm nach und widmen sich dann ihrer letzten Eiskugel.

David lässt sich übermütig in das Wasser fallen und planscht vergnügt. „Komm, wir suchen uns im Sand ein schönes Plätzchen!", schlägt Kathrina vor und nimmt Enrico an die Hand. Bei einer Palme breitet sie die Decke aus. Unter Enrico's bewunderndem Blick zieht sie ihr Kleid aus und steht in ihrem knallroten Bikini vor ihm. „Du bist wunderschön", flüstert Enrico ihr in's Ohr und streicht über ihr langes blondes Haar. Kathrina lächelt verlegen und gibt ihm einen Kuss auf die Wange. „Hmm, daran

könnte ich mich gewöhnen", gibt er augenzwinkernd zu. Lachend zieht sie ihm das T-Shirt aus und bestaunt seinen muskulösen Oberkörper. „Nicht schlecht!", sagt sie und streicht über seine Muskeln. Blitzschnell greift er Kathrina unter die Arme und schwingt sie über seine Schulter. Sie lacht und schreit: „Lass mich runter! Lass mich runter!"
Enrico läuft mit ihr zum Wasser, wo David sich kichernd den Bauch hält. Er stürzt sich mit ihr in das glasklare Meer und macht sich einen Spaß daraus, sie immer wieder unter das Wasser zu tauchen. David gefällt das gar nicht. Er springt auf Enrico's Rücken, um ihn zu Fall zu bringen. Die drei lachen, planschen und spielen ausgelassen.

Nach einer Weile zieht es sie zurück in den warmen Sand, um sich zu entspannen und die Sonne zu genießen. David friert. Er kuschelt sich in das Badetuch ein und setzt sich neben die Decke in den Sand. Kathrina macht es sich neben Enrico ebenfalls gemütlich. Sie öffnet den Sekt, den sie aus dem Appartement mitgebracht hat und schenkt ihn in zwei Gläser ein.
Enrico prostet Kathrina zu und sieht sie dabei lange an. Wieder einmal versinkt sie in seinen schönen, dunklen Augen.

„Mama, darf ich noch ein Eis haben?", fragt David nach einer Weile. „Selbstverständlich Schatz", erwidert Kathrina und drückt ihm ein paar Euro in die Hand. Grinsend verabschiedet er sich: „Danke. Ich hole mir an dem Imbiss zwei Kugeln." Fröhlich spaziert er los. Kathrina sieht ihm so lange nach, bis er an der Ecke zum Garten der Appartementanlage einbiegt.

„Du machst dir Sorgen um ihn?", hört sie Enrico fragen. „Nicht direkt Sorgen", antwortet sie. „Sondern Gedanken, wenn er allein so einen weiten Weg geht. Aber er möchte eigenständig sein und mag es nicht, wenn ich ihm dauernd hinterher laufe. Ich habe schon einmal einen Menschen verloren, den ich geliebt habe. Das soll kein zweites Mal passieren", schluchzt Kathrina. Enrico nimmt sie tröstend in den Arm und drückt sie fest an sich. Sie genießt seine Nähe, lässt aber ihren Blick nicht von David's Weg ab.

Nach einer Weile kommt er mit einer großen Eiswaffel zurück und strahlt über das ganze Gesicht. „Voll lecker! Mama, möchtest du mal probieren?" Kathrina leckt an der Eiskugel. „Hm, schmeckt wirklich super! Eine Mischung aus Vanille und Erdbeeren." „Das stimmt", gibt David lächelnd zu. Nun nimmt er neben ihr Platz und schleckt genüsslich sein Eis. Enrico schenkt den Rest der Sektflasche in die Gläser ein und bespricht mit Kathrina, wie sie die nächsten Tage verbringen werden.

So vergeht ein schöner, erlebnisreicher Tag, welcher mit einem romantischen Sonnenuntergang am Meer endet.

Enrico sieht auf seine Armbanduhr. „Es ist gleich neunzehn Uhr. Also treffen wir uns morgen elf Uhr hier und dann fahren wir mit meiner Yacht nach Monaco." Kathrina umarmt ihn und flüstert: „Ich freue mich sehr. Danke das du uns mitnimmst." Enrico schaut ihr lange in die Augen und erwidert lächelnd: „Und ich erst! Ich bin sehr glücklich!" David gibt Enrico zum Abschied die Hand und deutet auf eine weiße Yacht, die im Wasser treibt. „Ist das deine?" „Ja das ist sie", antwortet er stolz. „Cool!", fügt David beeindruckt hinzu. Da fällt Kathrina der Moment der ersten Begegnung wieder ein: „Aber die drei jungen Damen werden morgen nicht auf deiner Yacht sein?", fragt sie schnippisch. „Nein. Natürlich nicht!", antwortet Enrico lachend. „Sie waren nur den einen Tag mit mir unterwegs. Sie wollten von Monaco nach Saint Tropez." Er nimmt sie nochmals in den Arm und drückt sie fest an sich. „Ich bin kein Macho. Ich brauche keine drei Frauen. Ich brauche nur eine einzige", flüstert er ihr in's

Ohr. Wieder versinkt sie in seinen dunklen Augen. Gern hätte Enrico sie nun innig geküsst, aber er möchte nichts überstürzen und hält sich wie ein Gentleman zurück. „Bis morgen schöne Frau", zwinkert er ihr zu.
Während Kathrina die Decke in die Tasche packt, geht Enrico zu dem kleinen Motorboot, welches in der Nähe vom Strand liegt. Er springt hinein, startet den Motor und fährt los. David und Kathrina winken ihm ausgelassen zu. Enrico lässt es sich nicht nehmen, eine kleine Showrunde für sie zu machen. Staunend stehen sie am Strand und sehen, wie das Boot immer schneller fährt und einige Male blitzschnell nach rechts und dann wieder nach links driftet, sich im Kreis dreht und dann mit Vollgas wieder beschleunigt. David ist amüsiert und möchte nun am liebsten in dem Boot sitzen. Kathrina jedoch ist beunruhigt und würde am liebsten dem Treiben ein Ende setzen.
Nach einiger Zeit verlangsamt Enrico das Tempo und fährt geradewegs zur Yacht. Kathrina atmet erleichtert auf und bittet David zum Gehen: „Komm Schatz. Ich koche uns leckere Spaghetti mit Tomatensoße."
Als sie im Appartement ankommen, packt Kathrina zuerst die Tasche aus. Sie hängt den Bikini und die

Badehose zum Trocknen auf den Balkonstuhl. David holt unterdessen seine Buntstifte und ein Blatt Papier, um Enrico's Ferrari nachzuzeichnen.

Kathrina schaltet das Radio ein und beginnt gut gelaunt das Essen herzurichten. Sie tanzt und singt in der Küche, sodass David auf sie aufmerksam wird. „Mama? Was ist denn mit dir los?" „Ich freue mich auf die nächsten Tage", sagt sie lachend. „Wir werden morgen mit der Yacht nach Monaco fahren und dort noch zwei Tage verbringen. Dann fährt uns Enrico wieder hierher. Wir müssen dann wieder nach Deutschland zurück. Der Urlaub ist dann vorbei."

Kathrina's Gesicht verfinstert sich plötzlich, nachdem sie den letzten Satz ausgesprochen hat. Traurig nimmt sie David in den Arm und schluchzt: „Ich mag Enrico sehr. Wieso muss schon wieder alles vorbei sein?" „Ich bin auch traurig, Mama. Das ist so ein schöner Urlaub! Aber wir sind doch noch ein paar Tage hier", muntert er Kathrina auf. „Ja du hast Recht. Genießen wir die restliche Zeit! Vielleicht kommen wir schneller wieder zurück, wie wir im Moment denken", sagt sie leise. „Komm Mama, ich helfe dir beim Tisch decken", stupst David sie neckisch an. Sie reicht ihm die Teller und das Besteck, welches er liebevoll auf dem Tisch ordnet.

Kurze Zeit später ist das Essen fertig. Kathrina serviert die Spaghetti auf die Teller und wünscht David einen guten Appetit. „Hmm, das duftet gut", freut er sich und kann es kaum erwarten, die Nudeln zu verspeisen.

Gesättigt und wieder bester Laune, packen sie gemeinsam die Sachen für die nächsten Tage in einen großen Koffer. Nach getaner Arbeit lassen sie den Abend vor dem Fernseher ausklingen. Wie so oft schläft David hundemüde vor dem TV ein. Kathrina liegt schmunzelnd neben ihm und streicht ihm liebevoll über das Haar. Ein Blick auf die Uhr lässt auch sie zum Schlafen gehen, denn in ein paar Stunden wird sie auf Enrico's Yacht erwartet. Sie schaltet den Fernseher aus und holt eine Decke, damit David kuschelig auf dem Sofa weiter schlafen kann.

Nach einer langen, erholsamen Nachtruhe erwachen sie froh gelaunt. Kathrina bereitet ein schmackhaftes Frühstück zu. David sucht unterdessen sein Spielzeug zusammen, welches er für die nächsten Tage mitnehmen möchte.

Der Duft von frischen Croissants lockt ihn in die Küche, wo das Essen bereits auf dem Tisch steht. Gemeinsam lassen sie sich das Frühstück schmecken und schwelgen in den Erlebnissen der letzten

Tage. „Mama, weißt du noch....", David ist in seinen Erzählungen gar nicht mehr zu bremsen. Kathrina hört ihm schmunzelnd zu, bis ihr Blick auf die Wanduhr fällt. „Oh Schatz", unterbricht sie ihn. „Wir müssen bald los gehen. Ich räume die Küche noch schnell auf und packe die restlichen Sachen ein." „Gut Mama", antwortet David und geht wieder in sein Zimmer, um sich seinem Spielzeug zu widmen.

Hastig rennt Kathrina von Raum zu Raum und ist verärgert, dass sie ausgerechnet heute so spät aufgestanden ist. Jedoch hat sie nach kurzer Zeit alles Nötige im Koffer verstaut und begibt sich nun in das Badezimmer, um sich etwas aufzufrischen. Nach einer Weile steht Kathrina fertig gestylt und in ihrem schönsten Kleid vor David.

„Wow Mama! Gut siehst du aus. Da wird Enrico Augen machen!", gibt David neckisch zu. „Das hoffe ich doch!", lacht sie. „Komm lass uns jetzt gehen!" Sie nimmt den Koffer in die Hand und schließt hinter sich die Appartementtür zu.

Eilig gehen sie zur Rezeption, um sich für die nächsten Tage abzumelden. Die freundliche Dame an der Anmeldung wünscht ihnen eine schöne Zeit in Monaco und vermerkt sich den Wiederanreisetag in dem Computer. „Sie können dann gern noch einen

Tag bei uns verlängern, damit sie wieder stressfrei in Deutschland ankommen", bietet sie Kathrina an.
„Oh ja vielen Dank. Ich werde darüber nachdenken", lächelt und verabschiedet sie sich.
Mit David an der Hand geht sie durch den Garten, vorbei an dem Pool, wo sich einige Gäste tummeln. Kathrina zieht mit ihrem atemberaubenden Styling alle Blicke auf sich. Einige Männer, die an der Bar stehen, können sich ein Hinterherpfeifen nicht verkneifen. Amüsiert läuft sie weiter, ohne sich umzudrehen.
Von weitem sehen sie schon Enrico am Ausgang des Gartens ungeduldig auf und ab gehen. „Gut sieht er aus, mit der hellen Hose und dem weißen Hemd", denkt sie sich und kann es kaum erwarten, ihn in den Arm zu nehmen.
Mit einem breiten Grinsen im Gesicht empfängt er Kathrina und David. „Ohlala Madame! Du siehst hinreißend aus in deinem langen weißen Kleid!" Bewundernd mustert er sie von Kopf bis Fuß und nimmt sie überglücklich in den Arm. „Danke Enrico", erwidert sie. „Du siehst aber auch nicht schlecht aus!", fügt sie augenzwinkernd hinzu.
Kichernd drücken sie sich noch enger aneinander und möchten sich am liebsten nicht mehr loslassen.

„Hi Enrico!", David streckt ihm seine Hand entgegen. Er begrüßt ihn mit einem festen Handschlag und zeigt auf seine Yacht, die im Wasser treibt. „Lust auf eine Fahrt, David?" „Ja klar, ich kann es kaum erwarten!", gibt er begeistert zu. Lachend nimmt Enrico den Koffer von Kathrina und führt die beiden den Strand entlang zu dem kleinen Motorboot, welches am Meeresufer liegt.

David betritt als erster den kleinen Bootssteg und läuft aufgeregt die wenigen Meter bis zu der Anlegestelle. Enrico und Kathrina folgen ihm und ermahnen zur Vorsicht. „Der Steg ist sehr rutschig. Bitte pass auf!", sagt Enrico besorgt. David hüpft in das kleine Boot hinein und nimmt auf der vordersten Bank Platz. Enrico stellt den Koffer ab, um Kathrina beim Einsteigen behilflich zu sein.

„Es ist gar nicht so einfach, mit diesem langen Kleid und den High Heels in ein Boot zu steigen", gibt sie lachend zu. „Alles kein Problem", schmunzelt Enrico. „Ich helfe dir doch!". Auch sie nimmt im vorderen Bereich, neben David, Platz.

Enrico startet den Motor. Langsam bewegen sie sich dem Horizont entgegen. Die Sonne brennt heiß. Nur das laue Lüftchen verschafft ein wenig Abkühlung. Der Wind lässt Kathrina's lange Haare und ihr Kleid wehen. Sie wirkt wie eine stolze Galionsfigur, einfach nur bezaubernd schön. Enrico kann seinen Blick nicht von ihr lassen. Er behält sie bis zur Ankunft bei der Yacht immer im Auge.

„Mein Traum wird wahr", denkt sich Kathrina. „Ich wollte schon immer einmal auf einer Yacht reisen." Auch David ist ganz aufgeregt und kann es kaum erwarten, den ersten Schritt auf das Schiff zu setzen. „Wow ist das groß!", sprudelt es aus ihm heraus, als sie neben der Yacht halten. „Ja. Wirklich unglaublich!", fügt Kathrina hinzu.

„Sie ist achtundzwanzig Meter lang", sagt Enrico beiläufig, während er den beiden beim Aussteigen des Motorbootes hilft. Ein freundlicher älterer Herr wartet auf dem Bootsdeck der Yacht, um die drei in Empfang zu nehmen. „Das ist Henry. Mein Kapitän. Er wird uns sicher nach Monaco fahren", erklärt Enrico. Charmant begrüßt er Kathrina und David in seiner Landessprache. Mit einem kurzen Nicken bedanken sie sich und Enrico führt sie weiter über das Deck.

„Die Yacht hat drei Etagen. Das Bootsdeck bzw. Hauptdeck, auf dem wir uns gerade befinden. Unter uns liegt das Unterdeck. Dort ist meine Crew untergebracht und es befindet sich auch die Küche da. Über uns ist das Oberdeck, auch Skydeck genannt", beschreibt er stolz sein Schiff. „Es ist riesig!", staunt David. „Ja es misst genau achtundzwanzig Meter", betont Enrico. „Die Höchstgeschwindigkeit beträgt vierundvierzig km/h, bei fünftausend PS." „Fünftausend PS?", wiederholt David. Enrico nickt lächelnd und führt sie weiter zum Speiseraum, wo gerade der große Tisch von einer Dame gedeckt wird.

„Darf ich euch noch ein Crewmitglied vorstellen? Das ist Angélique. Sie ist für den Service zuständig und arbeitet auch schon seit fünf Jahren für mich." Enrico bittet sie zur Begrüßung zu sich. Lächelnd schüttelt sie David und Kathrina die Hand und heißt sie an Bord herzlich willkommen.

Beeindruckt über das geschmackvoll eingerichtete Zimmer, lässt Kathrina ihren Blick weiter schweifen: Eine kleine Lounge mit weißen gemütlichen Sesseln befindet sich hinter dem Esstisch. An den Wänden hängen große Bilder von traumhaften Stränden. Eine helle Bar mit Hockern lädt zu einem Drink ein. Das Bücherregal, auf der anderen Seite des Raums, sowie viele bunte Blumen, runden das Ambiente ab.

„Es ist toll hier Enrico!", gibt sie begeistert zu. „Wir werden in dreißig Minuten hier etwas Leckeres essen", zwinkert er. „Vorher möchte ich euch aber noch einiges zeigen." Enrico öffnet die Tür neben der Lounge und begleitet Kathrina und David in den nächsten Raum. „Hier ist mein Schlafzimmer", sagt er und flüstert ihr in's Ohr: „Und hoffentlich auch bald deins." Lächelnd nimmt sie seine Hand und sieht sich alles ganz genau an. „Groß genug ist das Bett ja!", gibt sie schelmisch zu. Enrico kneift sie lachend in die Hüfte und gibt ihr einen Kuss auf die Wange.

David öffnet die nächste Tür und steht nun in einem vergoldetem Badezimmer. „Mama schau dir das an!", schallt es aus dem Raum. Kathrina läuft ihm neugierig hinterher. Um sie herum glitzert und funkelt es. Der Spiegel, die Toilette, das Waschbecken, die Dusche und die Badewanne – alles ist vergoldet. Kathrina bekommt kein Wort über die Lippen. Überwältigt von dem Glanz und der Schönheit, setzt sie sich auf den Badewannenrand und betrachtet staunend die Einrichtung.

Enrico beobachtet schmunzelnd ihre Reaktion und streicht ihr zärtlich über's Haar. „Das ist unglaublich. Nie zuvor habe ich so etwas Schönes gesehen!", tönt es nach einigen Minuten aus ihr heraus. David klopft ihr auf die Schulter und fügt spitzbübisch hinzu: „Tja Mama, das ist mal ein Bad!" Lachend nimmt sie ihn in den Arm. „Tja David, so ein Badezimmer hätte ich auch gern." Enrico reicht Kathrina lächelnd die Hand. „Ich möchte euch noch das Oberdeck zeigen, bevor das Essen serviert wird. Kommt ihr mit?" „Klar doch!", entgegnet David und läuft eilig aus dem Zimmer in Richtung Treppenaufgang. Kathrina ist ganz aufgeregt, während sie die Stufen zum Oberdeck hinauf geht. „Was mag mich wohl dort erwarten?", schwirrt es in ihrem Kopf herum.

„Das ist der Wahnsinn!", ruft David laut. Kathrina traut ihren Augen nicht, als sie auf der letzten Stufe ankommt: Ein großer Swimmingpool, umrahmt von Palmen die in bunten Kübeln stehen, befindet sich hier. Ein paar weiße Sonnenliegen laden zum relaxen ein. Daneben steht eine kleine überdachte Bar mit Sitzgelegenheiten aus weißem glänzendem Stoff. „Wow sehr schön", zaghaft nimmt sie Enrico's Hand und lächelt ihn verträumt an. „Da hinten geht es noch weiter", sagt Enrico und zeigt auf den überdachten hinteren Teil des Oberdecks.

Durch die Glastür gelangen sie in einen Vorraum, der mit bunten Gemälden und vielen Blumen geschmückt ist. „Hier rechts ist euer Zimmer. Das Gepäck hat mein Butler bereits her gebracht", fügt Enrico lächelnd hinzu. Ein großer Raum eröffnet sich ihnen. Ein französisches Bett, eine kleine Sofaecke mit einem Tisch und ein kleines Bücherregal geben dem Raum ein stilvolles Ambiente. Eine Glastür führt zur Sonnenterrasse mit einem wunderschönen Blick auf das azurblaue Meer. „Das Badezimmer ist hier", Enrico deutet auf eine weitere Tür und lässt David und Kathrina den Vortritt. Schmunzelnd betreten sie den Raum und fangen laut zu lachen an, als sie wieder einmal in einem vergoldeten Badezimmer stehen. „Ach herrlich", sprudelt es aus Kathrina heraus. „Hier werde ich mich sehr wohl fühlen!" „Wann gibt es endlich etwas zu essen?", gibt David nur gelangweilt hinzu. „Jetzt. Kommt lasst uns gehen!", erwidert Enrico amüsiert.

Im Speiseraum ist der große Tisch liebevoll mit edlem Geschirr und Besteck, weißen Servietten und Kristallgläsern gedeckt. Einige bunte, wohlduftende Blumen bereichern die harmonische Atmosphäre. „Bitte, setzt euch", bietet Enrico an und nimmt dann an Kathrina's Seite Platz. „Ein Drei-Gänge-Menü habe ich für uns arrangiert. Ich hoffe, dass es euch schmeckt", sagt er augenzwinkernd. „Oh ja das wird es!", antwortet Kathrina und nickt ihm freudestrahlend zu.
Angélique serviert auf einem vergoldeten Tablett eine große Flasche Champagner und eine kleine Flasche Cola. Sie lassen sich die eisgekühlten Ge-

tränke schmecken und unterhalten sich angeregt über die Yacht und ihre Crew.

Kurze Zeit später wird der erste Gang serviert: Gemüsebrühe mit Fleischklößchen. „Hm das duftet gut!", freut sich Kathrina und nickt David vielversprechend zu. Neugierig probiert er und ist begeistert. „Oh ja wirklich sehr gut!" Hungrig und voller Vorfreude auf die weiteren Speisen, löffeln sie die Suppenteller leer.

Angélique ist sehr aufmerksam und tischt sofort das Hauptgericht auf: Seelachsfilet auf Kräutercreme mit Bandnudeln. „Ich liebe Fisch!", jubelt Kathrina und lächelt Enrico begeistert an. „Ich weiß", antwortet er schmunzelnd. „Lasst es euch schmecken!". Kathrina bemerkt, wie Enrico sie sehr lange ansieht und seine Augen wie ein Lichtermeer leuchten. „Er ist schon sehr charmant. Ich mag ihn mehr, als ich mir eingestehen möchte", denkt sie sich und verspürt ein leichtes Kribbeln im Bauch.

„Kathrina? Schmeckt es dir nicht?", besorgt schaut Enrico sie an. „Oh…, doch…, doch", antwortet sie stotternd. „Sehr gut sogar. Ich war nur in Gedanken", beschwichtigt sie lächelnd. Enrico nickt erleichtert und streicht kurz über ihre Hand. „Zum Nachtisch gibt es Eis", flüstert er David zu.

Überglücklich schluckt er das letzte Stückchen des Fisches herunter und kann das Dessert kaum noch erwarten.

Nach einem kurzen Plauderpäuschen folgt nun der dritte Gang. Drei hübsch angerichtete Kristallschalen mit bunten Eiskugeln sowie einer Feuerfontäne werden von Angélique serviert. David jubelt und kann sich vor Freude kaum noch auf dem Stuhl halten. Kathrina ist entzückt von Enrico's Ideen und tätschelt seine Hand, um ihm ihre Begeisterung zu signalisieren.

Nach wenigen Minuten ist die prächtige Fontäne erloschen und sie können sich das leckere Eis schmecken lassen.

„Hm war das gut! Nun kann ich aber nichts mehr essen", gibt David grinsend zu. „Ich glaube wir sind auch satt. Oder Kathrina?", fragt Enrico amüsiert. „Oh ja, ich platze gleich!", antwortet sie lachend. „Dann wäre doch jetzt der richtige Zeitpunkt zum relaxen", schlägt er vor. „Ja! Komm Mama! Lass uns zum Pool gehen!", freut sich David. „Gute Idee", schmunzelt Kathrina. „Treffen wir uns in zehn Minuten an Deck Enrico?" „Ja, ich freue mich schon", entgegnet er und gibt ihr einen flüchtigen Kuss auf die Wange. David nimmt Kathrina an die Hand

und geht mit ihr zum Zimmer, um sich für das Planschen im Pool umzuziehen. Enrico macht es sich inzwischen an der Bar gemütlich und wartet gespannt auf die beiden.
David hat sich schnurstracks seine Badehose angezogen und läuft eilig zum Pool. Währenddessen schwärmt Kathrina vor sich hin: „Es ist wie im Traum. Die Sonne scheint. Ich bin hier auf einer Yacht mit einem charmanten Mann. Was will man mehr?", denkt sie sich glücklich und spaziert mit einem roten kurzen Strandkleid freudestrahlend Enrico entgegen. Er empfängt sie an der Bar mit einem eisgekühlten Cocktail.
Während die beiden tiefe Blicke miteinander tauschen, vergnügt sich David unterdessen im Pool. Immerzu springt er in das Wasser und hat sichtlich seinen Spaß.

Die Yacht schippert langsam voran, sodass man die beeindruckende terrakottafarbene Felsenlandschaft entlang der Küste bewundern kann. Sie ist ein hübscher Kontrast zu den grünen Pinienwäldern und dem blauen Meer. Kathrina ist überwältigt von der Schönheit Frankreichs. „Morgen Vormittag sind wir in Monaco. Da gibt es auch einiges zu bestaunen", erklärt Enrico lächelnd und streichelt sanft über

ihre Hand. Zwinkernd nimmt sie den letzten Schluck aus dem Cocktailglas und führt Enrico zum Pool.
David spritzt die beiden laut lachend nass und fordert sie zum Mitplanschen auf. Das lassen sich Enrico und Kathrina nicht zweimal sagen. Eilig ziehen sie sich aus, sodass die Badebekleidung zum Vorschein kommt und springen quietschvergnügt in das Wasser.

Nach einigen schönen Stunden auf Deck nähert sich der Abend. David's Magen knurrt unüberhörbar. „Mama ich habe Hunger!" „In dreißig Minuten gibt es ein Dinner für uns", flüstert Kathrina und reicht ihm ein Glas mit Cola. Enrico verabschiedet sich, um sich noch etwas frisch zu machen. „Komm David, wir gehen auch noch mal zum Zimmer. Wir müssen uns umziehen", betont sie. „Ja Mama!", zähneknirschend folgt er ihr.
Kathrina lässt sich ein warmes Schaumbad in die Wanne ein. Grinsend steckt David seinen Kopf zwischen die Badezimmertür. „Ja Mama. Teste mal die goldene Badewanne! Ich lege mich so lange auf das Bett und spiele Nintendo." „Ok Schatz", antwortet sie und lässt sich in das warme Wasser gleiten. Sie lässt das Glitzern und Funkeln des Raums auf sich

wirken und fühlt sich wie eine Königin. Sie träumt wie so oft vor sich hin und vergisst fast wieder die Zeit.

„Mama ich glaube wir müssen bald los!", hört sie David rufen. „Ja Schatz, ich komme gleich!", antwortet sie ihm durch die geschlossene Tür. Rasch klettert sie aus der Badewanne, trocknet sich ab und hübscht sich auf.

In einem bezauberndem hellblauen Kleid und einer eleganten Hochsteckfrisur steht sie vor dem Spiegel. Sie wirft einen letzten Blick auf sich und lächelt selbstbewusst. „Los geht's!", freut sie sich und nimmt David bei der Hand.

Im Speiseraum wartet Enrico bereits auf sie. „Du siehst toll aus Kathrina", flüstert er ihr in's Ohr, während er sie umarmt. „Danke, du auch!", stellt sie lächelnd fest. Wiederum nehmen sie an dem großen Tisch Platz und genießen ein schmackhaftes Menü mit Weißwein, Fisch, Fleisch und allerlei leckeren Beilagen.

Neugierig fragt David, während des Dinners Enrico, über sein Leben in Monaco aus. Viele lustige und interessante Anekdoten gibt es zu erzählen, sodass die Zeit wie im Flug vergeht.

„Bist du müde?", fragt Enrico David, der ihm gähnend gegenüber sitzt. „Ja ein bisschen", gibt er augenreibend zu. Kathrina schaut erschrocken auf die Wanduhr. „Oh wo ist die Zeit hin? Es ist schon fast zweiundzwanzig Uhr!" „Mama ich gehe zum Zimmer. Ich möchte noch fernsehen", sagt David schläfrig. Kathrina nimmt ihn in den Arm und gibt ihm einen Kuss auf die Stirn: „Bis später Schatz." „Schlaf gut David", fügt Enrico lächelnd hinzu. Langsam schlendert er zum Zimmer und freut sich auf sein Bett.

„Auf einen schönen Abend!", Enrico hebt sein Glas und prostet Kathrina zu. Er nimmt ihre Hand, streichelt sie und schaut ihr lange in die Augen. Lächelnd bittet er sie, ihn zu der gemütlichen Lounge zu begleiten. Sie lässt sich in einen der weichen Sessel fallen, während Enrico die Gläser und eine weitere Weinflasche auf dem kleinen Glastisch platziert. Mit einer Fernbedienung sorgt er für eine gemütliche Stimmung. An der Zimmerdecke funkeln nun bunte Lichter und aus der rechten Ecke ertönt leise Musik.

„Hach ist das schön!", seufzt Kathrina und lächelt Enrico verzückt an. Er setzt sich neben sie und nimmt ihre Hand. „Ich freue mich sehr, dass ihr beide hier seid." Enrico's Augen funkeln und lassen Kathrina's Herz höher schlagen. Er zieht sie sanft an sich. Langsam nähern sich seine Lippen ihrem Mund. Zärtlich küssen sie sich. Ein wohliger Schauer schießt durch ihren Körper. Tausende Schmetterlinge flattern in ihrem Bauch. Kathrina schwebt auf Wolke sieben.

„In deiner Nähe bin ich sehr glücklich", säuselt Enrico ihr zärtlich in's Ohr. Er nimmt ihre Hand und führt sie ein paar Schritte weiter, um mit ihr ein Tänzchen auf das Parkett zu legen. Langsam und eng umschlungen wiegen sie sich im Takt der Musik. „Möchtest du die Nacht mit mir verbringen?", flüstert Enrico ihr zu. Als Antwort küsst sie ihn und nickt lächelnd. Überglücklich hält er sie in den Armen und trägt sie in sein Zimmer. Er zündet Duftkerzen an und schaltet das Radio ein. Die leise Musik und die Kerzen zaubern eine romantische Atmosphäre.

Langsam und etwas schüchtern geht Kathrina auf ihn zu. Lange sehen sie sich in die Augen, ehe Enrico zärtlich ihr Gesicht in beide Hände nimmt und sie leidenschaftlich küsst. Seine samtweichen Lippen liebkosen ihren Hals und lassen Kathrina's Körper beben. Schnell versinken sie in ein Liebesspiel, dass die Welt um sie herum vergessen lässt.

Der nächste Morgen beginnt mit einem zärtlichen

Kuss. „Machen wir dort weiter, wo wir gestern aufgehört haben?", fragt Enrico grinsend und streicht eine Haarsträhne aus ihrem Gesicht. „Würde ich sehr gern, aber ich muss erst mal nach David schauen", schmunzelt Kathrina.
Eilig zieht sie sich ihr Kleid an. „Wir sehen uns gleich beim Frühstück", verabschiedet sie sich und möchte gerade zur Tür hinaus gehen. Enrico jedoch springt aus dem Bett, hält ihre Hand fest und zieht sie sanft an sich. Ohne lange zu überlegen sprudelt es aus ihm heraus: „Ich hoffe du denkst nicht, dass dies für mich nur ein einmaliger Spaß war. Kathrina, so bin ich nicht. Ich habe dich und David in mein Herz geschlossen. Ich weiß, wir kennen uns erst seit kurzem. Früher war ich ein Macho und ein Draufgänger. Aber ich habe mich geändert." Kathrina bemerkt Tränen in Enrico's Augen. Sie ist beeindruckt von seiner Offenheit und Ehrlichkeit. Sie drückt ihn fest an sich und gibt ihm einen zärtlichen Kuss. „Ich bin froh, dass du mir das gesagt hast. Trotzdem muss ich nun nach David schauen", sagt sie lächelnd und schließt die Tür hinter sich.

Die Sonne strahlt und lässt das azurblaue Meer wunderschön glitzern. Kathrina ist geblendet von dem Anblick, als sie auf dem Oberdeck ankommt.

Frohgelaunt spaziert sie an dem Pool vorbei und geht zu ihrem Zimmer. Leise öffnet sie die Tür, um David nicht zu wecken. Schmunzelnd steht sie vor seinem Bett, als sie sieht, wie er seelenruhig schläft. In ihrem Koffer sucht sie nach einem sportlichen Outfit und wird recht bald fündig. Mit der weißen Caprihose und der roten Bluse macht sie eine fantastische Figur.
Mittlerweile ist David wach und löchert Kathrina mit Fragen über den vergangenen Abend. „Da gibt es nicht viel zu erzählen. Ich bin eine Stunde nach dir zum Zimmer gegangen. Du hast schon tief und fest geschlafen", flunkert sie. „Da bin ich ja beruhigt. Wann gibt es Frühstück? Mir knurrt schon der Magen!", gibt David zu. „Wir sollten jetzt zum Speiseraum gehen. Sonst gibt es nichts mehr", sagt Kathrina augenzwinkernd.

Enrico sitzt bereits am Tisch und schenkt Kaffee in die Tassen ein. Mit einem Grinsen setzt sich Kathrina neben ihn und streichelt kurz über seine Hand.
„Hm, das duftet gut", freut sich David und greift nach einem frisch gebackenen Croissant. Kathrina genießt ihren frischen Milchkaffee und lässt Enrico dabei nicht aus den Augen. Er zwinkert ihr zu und

gibt ihr einen flüchtigen Kuss auf die Wange. Mit Melonenstückchen und Weintrauben füttert er sie. Ein Flirt folgt dem nächsten. David beäugt gelassen das Geschehen. „Wenn Mama glücklich ist, bin ich es auch", denkt er sich und lässt sich ein zweites Croissant schmecken.

Nach dem reichhaltigen Frühstück schlägt Enrico vor, die restlichen Stunden bis zur Ankunft in Monaco am Pool zu verbringen. David ist sofort begeistert. „Mama ich gehe schon mal nach oben." Eilig verabschiedet er sich. „Bis gleich Schatz", ruft Kathrina ihm lachend hinterher. „David findet es genauso toll hier wie ich", gibt sie in einem liebreizenden Ton zu. Zärtlich nimmt Enrico ihre Hand und streicht eine Haarsträhne aus ihrem Gesicht. „Und ich finde es wunderbar, dass ihr beide hier bei mir seid". Verliebt schaut er sie an und küsst sie zärtlich. Kathrina ist überglücklich. Enrico nimmt sie bei der Hand und führt sie zum Oberdeck, wo David bereits im Pool planscht. „Mama komm rein! Es ist super!", ruft er ihr ausgelassen zu. „Ja Schatz. Ich komme gleich!", antwortet sie und widmet sich Enrico wieder zu.

„In zwei Stunden werden wir in Monaco sein. Von der Yacht aus kann man meine Villa dann schon sehen", erklärt er stolz. „Ich bin sehr gespannt auf dein Haus", sagt Kathrina erwartungsvoll und lässt ihren Blick über das weite Meer schweifen. Lächelnd nimmt Enrico sie in den Arm und drückt sie sanft an sich. Eng umschlungen und mit geschlossenen Augen genießen sie die warmen Sonnenstrahlen.

Ein paar kühle Wasserspritzer und das Kichern von David holen sie aus ihrer Zweisamkeit zurück. Enrico nimmt Kathrina an die Hand und springt mit ihr in den Pool. Laut lachend liegen sie sich in den Armen und haben jede Menge Spaß. Dass sie keine Badekleidung tragen, sondern Shorts und Bluse bzw. Hemd, macht ihnen nichts aus.

Nach ein paar Schwimmrunden, Cocktails und Spielereien sind die zwei Stunden im Nu vorbei. „Kommt zu mir! Das müsst ihr sehen!", ruft Enrico den beiden zu, die gerade dabei sind aus dem Pool zu steigen. „Was ist denn los?", fragt David neugierig. Kathrina nimmt ihn bei der Hand und geht mit ihm zu Enrico, der lässig an der Reling lehnt. Sie trauen ihren Augen nicht:

Vor ihnen erstreckt sich in der Ferne Monaco mit seinem großen Fürstenpalast, den vielen hellen Häusern und dem riesigen Yachthafen. Dies alles ist umgeben von malerischen Felsen, Palmen, Pinien und bunten Blumen. Ein Anblick, der Kathrina verzaubert.

„Gleich sind wir da", flüstert Enrico ihr zu. Zärtlich schmiegt sie sich an ihn und genießt den wunderschönen Ausblick. Langsam nähert sich die Yacht einer kleinen Bucht. Neugierig halten sie Ausschau nach Enrico's Haus. Und plötzlich, vor ihnen, erstrahlt eine große weiße Villa. Sie ist umgeben von Palmen, Pinien und Hunderten von bunten Blumen. Kathrina ist entzückt und kann ihre Begeisterung nicht in Worte fassen. Enrico bemerkt ihre Faszination. Tief schaut er ihr in die Augen, nimmt ihr Gesicht in beide Hände und küsst sie zärtlich. Kathrina genießt seine Liebkosungen und wünscht sich, dass dieser Moment nie vergeht.

Die Crew lässt das kleine Motorboot zu Wasser und ist David und Kathrina beim Einsteigen behilflich. Aufgeregt und voller Vorfreude können sie es nicht erwarten, das kleine Land an der Côte d'Azur zu betreten.
Nach einer kurzen Fahrt kommen sie am weißen feinsandigen Strand an. Enrico springt aus dem Boot und reicht Kathrina charmant die Hand. David klettert eilig an den beiden vorbei, springt übermü-

tig in das kniehohe Wasser und hüpft dann in den warmen Sand. Amüsiert beobachten sie seine Akrobatik und freuen sich, dass es ihm gefällt.

Hand in Hand gehen sie zu dem Haus. Der Weg führt sie durch einen großen wunderschönen Palmengarten. Duftender Oleander, in Weiß, Rot und Rosa, lässt den smaragdgrünen Rasen in leuchtenden Farben erstrahlen.

„Ach ist das schön hier", seufzt Kathrina und umschließt Enrico's Hand noch fester.

Nach ein paar Metern stehen sie vor der Villa. Weiße Marmorstufen führen sie zum Hauseingang, vorbei an einem großen Pool, welcher sich teilweise bis zur Terrasse schlängelt. Kathrina stockt der Atem bei diesem Anblick. Enrico nimmt ihr die Sprachlosigkeit und erzählt einige Anekdoten aus dem Leben in seiner Villa.

David ist dies zu langweilig. Er geht zu dem Schwimmbecken und hält seine Hand in das Wasser. „Prima, der ist schön warm", freut er sich und würde am liebsten sofort hinein springen.

Enrico führt Kathrina in sein Haus. Neugierig betritt sie den Vorraum. Ein kleiner Zimmerspringbrunnen befindet sich gleich neben der Tür. An den Wänden hängen kostbare Gemälde. Bunte Blumen lassen den Raum strahlen. Enrico nimmt Kathrina's Hand und führt sie weiter zu den Wohnräumen. Eine große Wendeltreppe leitet sie zur oberen Etage. Ein Traum in Weiß und Gold eröffnet sich ihr. Lange weiße Vorhänge aus Seide schmücken die großen Fenster und die goldenen Kronleuchter spiegeln sich in dem weißen Marmorboden wider. Im Gästezimmer steht ein großes Himmelbett mit weißen leichten Vorhängen, die bei einem Luftzug vor sich hin flattern. Eine weitere Tür führt sie zu einem Whirlpool, der in dem riesigen vergoldeten Badezimmer für Entspannung sorgen soll.

„En…Enrico", stottert Kathrina. „Das ist ja wie im Traum. Ich kann nicht glauben, was ich hier sehe."
Schmunzelnd nimmt er sie in den Arm.

„Möchtest du erst einmal deinen Koffer auspacken? Ich bereite in der Zeit einen Aperitif zu", schlägt Enrico vor. „Ja. Aber zuerst sehe ich nach David", verabschiedet sie sich und drückt ihm einen Kuss auf den Mund.

Frohgelaunt geht sie die Wendeltreppe hinunter, um David zu suchen. An dem kleinen Zimmerspringbrunnen findet sie ihn. „Komm Schatz", bittet sie. „Lass uns erst mal nach oben gehen!" David folgt ihr ohne Widerrede in die erste Etage zum Gästezimmer.

„Oh cool! Ich habe hier wieder einen Fernseher!",

lächelnd deutet er auf den weißen Bildschirm, der an der Wand hängt. Amüsiert streicht Kathrina ihm über's Haar und beginnt dann eifrig den Reisekoffer zu leeren, während David TV sieht.

Kurze Zeit später steht Enrico in der Tür und lädt die beiden zum Essen auf die Terrasse ein. Hand in Hand nähern sie sich dem großen Glastisch, welcher liebevoll mit Blumen, Früchten, kleinen Snacks und gekühlten Getränken gedeckt ist.

„Bitte nehmt Platz", bietet Enrico an. „Das ist toll! Genau das Richtige bei den heißen Temperaturen", schwärmt Kathrina und greift nach einem Stück Melone. David lässt sich einen Hamburger schmecken, während Enrico Cola sowie Champagner in die Gläser füllt.

„Gehen wir später zum Strand?", fragt David. „Ich möchte im Meer baden!" „Gute Idee", erwidert Enrico. „Dies wollte ich euch auch vorschlagen!" Kathrina nickt zustimmend, während sie das letzte Stück Melone isst. „Trinken wir noch aus und gehen dann zum Strand. Ok David?", fragt Enrico lächelnd. „Abgemacht!", antwortet er und rutscht ungeduldig auf seinem Stuhl hin und her.

Nachdem die Gläser geleert sind, schlendern Kathrina, David und Enrico glücklich durch den

Palmengarten, um den Nachmittag am Privatstrand zu verbringen. Eilig zieht David seine Badehose an und rennt in das azurblaue Meer. Er lässt sich in die Wellen gleiten, reißt die Arme nach oben und jubelt vor sich hin. Lachend sehen Kathrina und Enrico seinem Treiben zu, ehe sie sich in die gemütlichen Liegestühle setzen.

Die Sonne brennt heiß und auch Kathrina möchte sich im Wasser ein wenig Abkühlung verschaffen. Wäre da nicht Enrico, der seinen Butler beauftragt hat, für kühle Getränke zu sorgen. Mit zwei großen Cocktailgläsern, die bunt mit Früchten dekoriert sind, steht er nun vor ihnen, um die Getränke zu servieren. Schmunzelnd bedankt sich Kathrina und genießt den süßen Drink.

„Danke Enrico. Welch ein toller Service", freut sie sich. „Für dich doch immer, schöne Frau", zwinkert er ihr zu.

Nach einer Weile möchte sie aber endlich in's kühle Nass. Grinsend nimmt sie Enrico's Hand und führt ihn zum Wasser. Ausgelassen wirft er sie über seine Schulter, rennt mit ihr in das Meer und stürzt sich übermütig in die Wellen.

Währenddessen planscht David fröhlich vor sich hin und lässt die beiden nicht aus den Augen.

So verbringen sie noch einige schöne Stunden am

Strand mit lustigen Wasserspielen und Sandburgen bauen.

Erschöpft nach einem langen, heißen Sommertag liegen Enrico und Kathrina im warmen Sand, Hand in Hand.

„Mama ich springe noch einmal in den Pool und gehe dann in mein Zimmer", verabschiedet sich David leise, um die zwei Turteltauben nicht zu stören. „Gut Schatz. Wir kommen auch gleich nach", erwidert Kathrina und gibt ihm einen Kuss auf die Stirn.

Die letzten Strahlen wärmen ihre Körper, ehe die Sonne ganz langsam am Horizont untergeht. Dieser zaubert nun verschiedene Rot-Töne, bis hin zu einem leichten Rosa.

Verträumt sieht Kathrina Enrico an. Sanft zieht er sie an sich, nimmt ihr Gesicht in beide Hände und schaut ihr lange in die Augen. „Kathrina ich liebe dich. Bitte bleib für immer bei mir", flüstert er. Kathrina wird es heiß und kalt zugleich. Auf diesen Augenblick hat sie schon die ganze Zeit gewartet. Tränen des Glücks rollen über ihre Wange. Überglücklich fällt sie ihm um den Hals, küsst innig seine samtweichen Lippen und haucht ihm in's Ohr: „Ich lasse dich nie mehr los. Ich liebe dich Enrico."